"

童話……

不是注入夢想的迷幻劑，而是喚醒現實的覺醒劑！

因此，各位要多多閱讀童話故事，拜託別再做夢了。

"

這是兒童文學作家高文英在《雖然是精神病但沒關係》一劇中的台詞。

不要仰望伸手無法觸及的夜空繁星，

去看看自己深陷泥沼之中的雙腳吧！

那才是你的現實，而會幫助你正視這份現實的，

即是「真正優秀的童話作品」。

因此，她的童話故事不曾贈予孩子們甜美的浪漫和理想，

反而讓孩子直視近乎殘忍的冷酷現實，

批判一手打造這種現實的大人，迫使他們反省，

並告訴孩子們：「你一定要成為健康的大人。」

不要忘記昔日的痛苦記憶，好好克服它們，

但願《啖食惡夢長大的少年》能使你成為有著堅強靈魂的「真正的大人」。

願你以「食物」餵食《喪屍小孩》之前，先以「溫暖」填補他的空虛；

願你不會被項圈束縛，每晚偷偷低聲哭泣，

能像《春日之犬》一樣，拿出自行咬斷項圈的勇氣。

也願你透過《手，琵琶魚》明白，在自私父母的掌心裡，

「孩子」只會成為飯來張口的「琵琶魚」。

此外，

真正的幸福，是無法從又深又黑的田鼠洞裡被「找到」，

是透過與他人共度的日常生活中「發現」而來。

我懇切地盼望，你能脫下僵化與虛假的面具，將它丟棄，

替自己《找尋最真實的臉孔》，並獲得幸福。

作者　趙龍

It's okey to
Not be okey

找尋最真實的臉孔

진짜 진짜 얼굴을 찾아서

文｜趙龍　圖｜蠶山

從前從前，森林深處有一座城堡，
裡頭住了三個被暗影魔女奪去真實臉孔的人。

他們分別是戴著假笑面具的男孩，

不停叮噹作響，內心卻空空如也的鐵罐公主，

以及被困在不透氣的紙箱中的叔叔。

暗影魔女會偷偷躲在別人的影子裡，

接著冷不防地跳出來，竊取那人的臉孔。

因為三人都被奪走了臉孔，無法做出表情，

也無法讀懂彼此的心思，導致他們每天互相誤會、爭吵不斷。

有一天，紙箱叔叔說：

「如果我們不想再吵架，想要得到幸福，就必須找回被奪走的臉孔。」

於是三人坐上露營車，踏上找尋臉孔的旅程。

他們在雪地裡，遇見了蜷縮身子，傷心哭泣的狐狸媽媽。

面具男孩上前問狐狸媽媽：

「阿姨，妳都沒有眼淚了，為什麼依舊哭個不停呢？」

這時狐狸媽媽說：

「我出來覓食，結果……

把背上的孩子弄丟在這片雪地了。

我想用淚水融化這些白雪，可是現在卻連淚水都流乾了。」

狐狸媽媽再次放聲哭喊，

而面具男孩的眼中，也湧出了溫熱的淚水，

淚水不停不停地流下……

剎時，雪地開始快速融化，
全身結凍的小狐狸也露出了身影。
小狐狸凍僵的小手中，
握著媽媽最喜歡吃的冬日山草莓。

他們三人再度啟程，
接著在充滿荊棘的花海中，遇見赤裸上身跳舞的雜耍藝人。

鐵罐公主上前問他：

「你都被荊棘刺得遍體鱗傷了，為什麼還跳得這麼賣力？」

雜耍藝人說：

「我以為這樣大家就會看我表演，

可是卻沒人肯賞臉，只有我自己疼得要命。」

於是，鐵罐公主走進荊棘花田，

隨雜耍藝人一同起舞。

「因為我是鐵罐做成的，就算被尖刺扎到也不會受傷。」

鐵罐公主手舞足蹈，越跳越高，

空無一物的身體內，發出了鏘啷鏘啷的響亮聲。

聽到聲音，大家紛紛跑來圍觀，

一邊欣賞他們的舞蹈，一邊鼓掌叫好。

就在這時！
邪惡的暗影魔女再度現身，
綁架了代替狐狸媽媽流淚的面具男孩，
以及和雜耍藝人一同跳舞的鐵罐公主。

「以後你們兩個……再也找不到幸福的臉孔。」

魔女下了詛咒後，便將他們囚禁在又黑又深的田鼠洞裡。

幾天後，紙箱叔叔找到了那個田鼠洞，
但是洞口太過狹窄，他根本無法進入。
「這下該怎麼辦？想要走進田鼠洞，
我就必須摘下這個紙箱……」

這時，洞穴裡傳來了面具男孩的聲音。
「叔叔！你別擔心我們，趕緊逃走！
暗影魔女就快回來了！」

但紙箱叔叔鼓起勇氣，
摘下頭上的紙箱，把紙箱扔到一旁走進洞穴，
成功拯救了面具男孩與鐵罐公主。

重見光明的兩人，

看到摘下紙箱的叔叔變得灰頭土臉，忍不住哈哈大笑。

哈哈哈哈⋯⋯哈哈哈哈⋯⋯

面具男孩捧腹笑個不停，而他的面具咚的一聲掉了下來，

包覆鐵罐公主身體的鐵罐，也鏘的一聲滾落在地。

看到兩人在歡笑中顯露出真實的臉孔，
摘下紙箱的叔叔忍不住說：

「啊……好幸福喔……」

原來，暗影魔女偷走的，
並不是三個人的真實臉孔，
而是他們……找尋幸福的勇氣。

文｜趙龍（J.D.）

執筆電視劇《超完美祕書》、《雖然是精神病但沒關係》等劇本。

圖｜蠶山（Jam San）

同時並行著概念設計（concept design）、插畫家活動，為《男朋友》、《雖然是精神病但沒關係》等電視劇的御用插畫家。

《雖然是精神病但沒關係》劇中繪本5
找尋最真實的臉孔

文／趙龍
圖／蠶山
譯者／簡郁璇

發 行 人／黃鎮隆
副總經理／陳君平
副　　理／洪琇菁
責任編輯／曾鈺淳
文字校對／葛增慧
美術總監／沙雲佩
美術編輯／方品舒
內文排版／尚騰印刷事業有限公司
公關宣傳／邱小祐、劉宜蓉、洪國瑋
國際版權／黃令歡、梁名儀

出版
城邦文化事業股份有限公司　尖端出版
台北市104中山區民生東路二段141號10樓
電話：（02）2500-7600　傳真：（02）2500-2683
E-mail：7novels@mail2.spp.com.tw

發行
英屬蓋曼群島商家庭傳媒股份有限公司城邦分公司　尖端出版
台北市104中山區民生東路二段141號10樓
電話：（02）2500-7600　傳真：（02）2500-1979
劃撥專線：（03）312-4212
戶名：英屬蓋曼群島商家庭傳媒（股）公司城邦分公司
劃撥帳號：50003021
※劃撥金額未滿500元，請加付掛號郵資50元

臺灣地區總經銷
中彰投以北（含宜花東）　楨彥有限公司
電話：（02）8919-3369　傳真：（02）8914-5524
地址：新北市新店區寶興路45巷6弄7號5樓
物流中心：新北市新店區寶興路45巷6弄12號1樓
雲嘉以南　威信圖書有限公司
（嘉義公司）電話：0800-028-028　傳真：（05）233-3863
（高雄公司）電話：0800-028-028　傳真：（07）373-0087

香港地區總經銷
城邦（香港）出版集團　Cite（H.K.）Publishing Group Limited
電話：852-2508-6231　傳真：852-2578-9337
E-mail：hkcite@biznetvigator.com

馬新地區經銷
城邦（馬新）出版集團　Cite（M）Sdn.Bhd.
電話：（603）9057-8822　傳真：（603）9057-6622
E-mail：cite@cite.com.my

法律顧問
王子文律師　元禾法律事務所　台北市羅斯福路三段三十七號十五樓
2021年1月1版1刷 Printed in Taiwan
2021年1月1版2刷

版權所有·翻印必究
■本書若有破損、缺頁請寄回當地出版社更換■

國家圖書館出版品預行編目(CIP)資料

找尋最真實的臉孔：《雖然是精神病但沒關係》劇中
繪本. 5 趙龍文；蠶山圖；簡郁璇譯. -- 1版. -- ［臺北
市］：尖端出版：家庭傳媒城邦分公司發行. 2021.01
　　面；　公分
　　譯自：진짜 진짜 얼굴을 찾아서
　　ISBN 978-957-10-9221-8（精裝）

862.599　　　　　　　　　　　　　　　109014878